The Spirit of Tío Fernando

El espíritu de tío Fernando

A Day of the Dead Story • Una historia del Día de los Muertos

Janice Levy

ilustrado por • illustrated by
Morella Fuenmayor

Traducido al español por • Spanish translation by
Teresa Mlawer

Albert Whitman & Company, Morton Grove, Illinois

Tell me how you die, and I will tell you who you are . . . . To the inhabitant of New York, Paris or London death is a word that is never uttered because it burns the lips. The Mexican, on the other hand, frequents it, mocks it, caresses it, sleeps with it, entertains it; it is one of his favorite playthings and his most enduring love.
Octavio Paz, *The Labyrinth of Solitude*
(Grove/Atlantic, Inc., 1961)

To Rick, with all my love. *J.L.*
Para Adriana Sofía. *M.F.*

Design by Lucy Smith
The text of this book is set in Caslon 224
The illustrations are rendered in watercolor.

Library of Congress Cataloging-in-Publication Data

Levy, Janice.
The spirit of Tío Fernando : a day of the dead story / Janice Levy ; illustrated by Morella Fuenmayor ;
Spanish translation by Teresa Mlawer = El espiritu de tío Fernando : una historia del dío de los muertos / Janice Levy ;
ilustrado por Morella Fuenmayor ; traduccíon en español por Teresa Mlawer.
p. cm.
Summary: As he prepares to celebrate the Day of the Dead,
a young boy remembers all the things he liked about his favorite uncle.
ISBN 10: 0-8075-7585-2 (hardcover) ISBN 13: 978-0-8075-7585-7 (hardcover)
ISBN 10: 0-8075-7586-0 (paperback) ISBN 13: 978-0-8075-7586-4 (paperback)
[1. All Souls' Day—Mexico—Fiction. 2. Uncles—Fiction. 3. Spanish language materials—Bilingual]
I. Fuenmayor, Morella, ill. II. Title.   III Title: El espiritu de tío Fernando
PZ73.L8485 1995 95-1318 CIP AC

For more information about Albert Whitman & Company,
please visit our web site at www.albertwhitman.com.

El Día de los Muertos es una festividad que data de siglos, en la que se mezclan antiguas costumbres aztecas y ritos tradicionales de los católicos. Se celebra en México y en Centro América. En México, donde tiene lugar esta historia, la festividad comienza el 31 de octubre hasta el 2 de noviembre. Durante este tiempo, se honra la memoria de los muertos, cuyos espíritus, según las creencias, nos visitan en la tierra.

En las casas, se construyen altares, y los mercados están llenos de comidas típicas de esta festividad. En muchos lugares se llevan a cabo procesiones y obras de teatro. Muchas personas acuden al cementerio.

Una vez que termina la fiesta y los espíritus retornan a su mundo, a los participantes les invade un sentimiento de paz y felicidad porque saben que han logrado que las almas de los difuntos se sientan amadas y no olvidadas.

The Day of the Dead is a centuries-old holiday, mixing ancient Aztec and traditional Catholic customs. It is celebrated throughout Mexico and Central America. In Mexico, where this story takes place, the holiday lasts from October 31st to November 2nd. During this time, people who have died are honored; their spirits are believed to visit the earth.

Altars are built in homes, and the markets are filled with special holiday foods. Plays and parades are held in many places. Often people celebrate in the cemeteries. When the holiday is over and the spirits have returned to the spirit world, the celebrants are happy and at peace, knowing they have made the souls of the dead feel loved and remembered.

—¡Despiértate!—me dice mi mamá—. ¡Hoy es el Día de los Muertos! Vamos a honrar la memoria de tu tío Fernando.

Mientras me visto, veo salir el sol y me acuerdo, con nostalgia, de Fernando, mi tío preferido, quien falleció hace seis meses. Yo me llamo Fernando, como él, pero todos me llaman Nando.

Tío Fernando tenía las piernas largas y delgadas, y el segundo dedo del pie derecho era más largo que el dedo gordo, al igual que el mío. Cuando me alzaba en el aire, me hacía cosquillas con el bigote en la barbilla. Siempre me traía caramelos de coco que se me pegaban a los dientes.

"Wake up!" my mother calls. "It's the Day of the Dead! We're going to honor your Tío Fernando."

As I get dressed I watch the sun come up. I miss my favorite uncle, Fernando, who died six months ago. I'm named Fernando, after him, but everyone calls me Nando.

Tío Fernando had long, skinny legs, and the second toe of his right foot was longer than his big toe—just like mine. His moustache would tickle my chin when he lifted me in the air. He always brought me coconut candy that got stuck in my teeth.

Ayer, mamá lavó la piedra de la tumba de tío Fernando,
y yo la pinté de azul y rosado y quité la maleza que había
crecido a su alrededor.

Ayudé a mi mamá a colocar el altar en la sala. Primero,
lavamos las paredes y barrimos el piso. Luego, sacamos el
mantel con pájaros bordados en amarillo y verde. Ella se
echó a reír y dijo:

—¿Te acuerdas cómo se negaba a hablar el loro del tío?

Yesterday my mother scrubbed Tío Fernando's
tombstone. I painted it pink and blue and pulled up
loose weeds.

I helped my mother set up the altar in the living
room. First we washed the walls and swept the floor.
Then we opened a tablecloth with yellow-and-green
embroidered birds. My mother laughed. "Do you
remember how Tío's parrot refused to talk?"

Esta mañana, mamá ha colocado velas, que despiden un dulce aroma, en la mesa, alrededor de las fotografías de tío Fernando. En una de las fotos, estoy sentado sobre sus hombros. Los dos llevamos gorras de béisbol. Me recuerdo una vez que tío Fernando dejó que yo escogiera los números de la buena suerte. Había dicho que si ganaba la lotería, sería el hombre más rico de México y viajaríamos en auto hasta California para ver jugar a los Dodgers.

Mamá pone la comida favorita de mi tío—chocolate, refresco de cola, y mole—en el altar. Yo coloco su flauta de madera. Cuando él nos visitaba, tocaba la flauta para que yo lo escuchara.

This morning my mother places sweet-smelling candles on the table around pictures of Tío Fernando. In one of the photographs I am sitting on his shoulders. We are both wearing baseball caps. I remember when Tío Fernando let me pick his lucky numbers. He said if he won the Lotería he would be the richest man in Mexico and we'd drive all the way to California to see the Dodgers play baseball.

My mother puts my uncle's favorite foods—chocolate, cola, and mole—on the altar. I lay his wooden flute there, too. When he visited, Tío Fernando would play it for me.

Una vez terminado el altar, mamá prepara el almuerzo.

—El Día de los Muertos es el tiempo de recordar a las personas que aunque han fallecido, estarán siempre en nuestros corazones —dice mi mamá—. Esta noche, durante la fiesta, llevaremos al cementerio las cosas preferidas de tío Fernando. Nos reuniremos con su espíritu y le dejaremos saber que no lo hemos olvidado.

—¿Cómo encontraré el espíritu de tío? ¿Lo podré ver? ¿Hará algún ruido? ¿Cómo sabré que es él realmente? —pregunto.

—¡Cuántas preguntas! —dice mi madre y me da un beso—. Hay cosas que sólo las alcanzamos a comprender a su debido tiempo. Ahora, Nandito, ve al mercado y compra algo que te recuerde a tu tío —me dice y mete unos pesos en mi bolsillo.

When the altar is done, my mother makes lunch.

"The Day of the Dead is a time to remember people who have died, whom we will always love," my mother says. "Tonight at the fiesta, we will bring Tío Fernando's special things to the cemetery. We will meet with his spirit and show him he has not been forgotten."

"How will I meet Tío's spirit? Will I see him? Will he make noise? How will I know it is really him?" I ask.

"So many questions!" My mother kisses me. "Some things we just know when it is time to know." She tucks some pesos in my pocket. "Go to the market, Nandito. Buy some things that remind you of your uncle."

—¿Qué podré llevarle a tío al cementerio? —me
pregunto mientras recorro el mercado.

—¡Pan de muerto! —grita el señor Romero, en la
plaza del mercado, y alza hogazas de pan que parecen
huesos entrelazados. Aprieta un pequeño tubo y con el
merengue dibuja una calavera y unos huesos cruzados
en un pastel redondo.

What can I take to the cemetery for Tío? I wander
through the market.

"Bread of the dead!" Señor Romero shouts in the
marketplace. He holds up loaves of bread that look like
twisted bones. He squeezes icing from a tube and
draws a skull and crossbones on a round cake.

—Aquí tienes, Nando. El señor Romero me da una calavera de azúcar, azul y rosada con ojos de papel de estaño y escribe mi nombre en la frente.

—Muchas gracias, señor Romero, y me quedo observando mi nombre en la calavera—. ¿Cómo encontraré el espíritu de mi tío Fernando?

—No lo sé, Nando. Pero cuando lo hayas encontrado, tu corazón te lo dirá.

Pienso en los caramelos que mi tío lanzaba al aire y agarraba con la boca. Compro un esqueleto de mazapán y un pastel largo y delgado como mi tío Fernando.

"Here, Nando." Señor Romero hands me a blue-and-pink sugar skull with tinfoil eyes. He writes my name on its forehead.

"Thank you, Señor Romero." I stare at my name on the skull. "How will I meet Tío Fernando's spirit?"

"I don't know, Nando. But when you do, your heart will be full."

I think of the candy my uncle would throw into the air and catch in his mouth. I buy a skeleton of marzipan candy and a cake baked narrow and skinny, like Tío Fernando.

—¡Disfraces de diablo! —canta la señora Migdalia y me muestra las campanitas de plata y los espejitos que ha cosido en unos pantalones negros.

—Estoy haciendo disfraces para los enmascarados —dice—. Aquí tienes, Nando, y me da un pañuelo blanco relleno con palitos. Ata una gomita por la mitad y le dibuja dos ojos negros.

—Es para ti —me dice.

"Devils' costumes!" Señora Magdalia sings. She shows me the silver bells and mirrors she has sewn onto black pants. "I am making devils' costumes for the masqueraders," she says.

"Here, Nando." Señora Magdalia gives me a white handkerchief stuffed with sticks. She ties a rubber band around the middle and draws two black eyes. "This is for you."

—Muchas gracias, señora Migdalia. Muevo el fantasma que tengo en la mano—. ¿Cómo encontraré el espíritu de mi tío Fernando?

—No lo sé, Nando. Pero, una vez que lo encuentres, sentirás un bienestar dentro de ti.

Pienso en las historias de fantasmas que mi tío me contaba y cómo cambiaba la voz, haciéndola más profunda, más alta o temblorosa. Compro un fantasma de papel de color naranja y negro que está sujeto a una varilla, y un esqueleto hecho de papel maché, montado en un pequeño caballo.

"Thank you, Señora Magdalia." I shake the ghost in my hand. "How will I meet Tío Fernando's spirit?"

"I don't know, Nando. But when you do, you will feel good inside."

I think of the spooky stories my uncle told me. I remember how he made his voice deep or high or squeaky. I buy an orange-and-black paper goblin on a stick and a pâpiér-mâche skeleton riding a small horse.

Recorro el mercado de un extremo al otro y me
detengo en todos los puestos de venta. ¡Hay tanto que
ver! ¡Tanto que pensar!

Me encuentro con mi mamá. Mira todas las cosas
que he comprado y se sonríe.

I walk from one end of the market to the other and
stop at every stall. There is so much to see! There is so
much to think about!

I meet my mother. She looks at the things I have
bought and smiles.

—Dame la mano, Nandito —dice ella—. Está oscureciendo.

La calle está llena de músicos y de gente disfrazada y con máscaras, que da vueltas en círculo. Bailo al compás de la serenata de los enmascarados y me río al escuchar las canciones sobre la vida y la muerte que los actores cantan en el escenario.

"Hold my hand, Nandito," she says. "It is getting dark."

The street is crowded with musicians. People in costumes and masks twirl in circles. I dance to a mummer's serenade and laugh at the actors on stage singing songs about life and death.

—Ven —dice mi mamá—. Vamos a la tumba de tío Fernando.

El cementerio está cerca. Afuera compramos clavelones, la flor de los muertos. Los colocamos sobre la tumba de mi tío y parece como si estuviese cubierta por un manto anaranjado. También los atamos a la cruz.

"Come," says my mother. "Let's go to Tío's grave now."

The cemetery is nearby. Outside it, my mother and I buy marigolds, the special flowers of the dead. We place the flowers on Tío's grave, and they look like an orange blanket. We tie them on the cross, too.

Mi mamá toca la guitarra y entona las canciones preferidas de mi tío. Enciende una vela y pide que el alma de tío Fernando se una a nosotros en esta festividad, para que recuerde el mundo que dejó atrás.

—¿Está aquí el espíritu de tío Fernando? —pregunto en un susurro. Mamá cierra los ojos y me rodea con el brazo. Escucho palpitar su corazón, o ¿es acaso el mío?

My mother plays the guitar and sings my uncle's favorite songs. She lights a candle and asks the soul of Tío Fernando to join us in the fiesta, to remember the world he left behind.

"Is Tío Fernando's spirit here?" I whisper. My mother closes her eyes and puts her arm around me. I hear her heart beating or maybe it is my own.

Siento algo que me roza la mejilla y un pájaro silba tan alto como el sonido de una flauta. Un viento tibio me envuelve de la cabeza a los pies. Bajo la vista y veo como el segundo dedo de mi pie derecho sobresale de mi sandalia.

I feel a tickling across my cheek. A bird whistles as high as a flute. A warm wind blows from my head to my feet. I look down and see how the second toe of my right foot sticks out of my sandal.

¡El espíritu de tío Fernando! Miro a mi madre. Ella
abre los ojos y sonríe.

Entonces sé que tío Fernando está contento con su
fiesta. Él sabe que lo queremos y que no lo hemos
olvidado.

The spirit of Tío Fernando! I look at my mother.
She opens her eyes and smiles.

Then I am sure that Tío Fernando is happy with his
fiesta. He knows that we love him and that he has not
been forgotten.

Janice Levy ha enseñado español e inglés como segundo idioma y ha viajado a muchos países donde se habla español. Sus escritos se han publicado en varias antologías y revistas. Éste es su tercer libro para niños y en la actualidad escribe una novela para jóvenes. La señora Levy vive en Nueva York, con su esposo Rick, y sus hijos, Michael y Jahnna.

Janice Levy has taught English as a second language and Spanish and has traveled extensively through Hispanic countries. She has been published in anthologies and magazines. This is her third children's book; she is currently at work on a young adult novel. Ms. Levy lives in New York with her husband, Rick, and children, Michael and Jahnna.

Morella Fuenmayor nació en Caracas, Venezuela. Desde pequeña siempre quiso ser ilustradora. Después de completar sus estudios de Diseño Gráfico en el Instituto Neumann en Caracas, comenzó ilustrando sus primeros libros para niños. Vive en las afueras de la ciudad con su esposo, quien es Ingeniero Agrónomo y su pequeña hija Adriana.

Morella Fuenmayor was born in Caracas, Venezuela. From the time she was small, she wanted to be an illustrator. After completing her studies in graphic design at the Neumann Institute in Caracas, she began illustrating her first children's books. She lives in the outskirts of the city with her husband, an agricultural engineer, and her young daughter, Adriana.